D0600007

Vidia et la couronne de la reine

Texte
LAURA DRISCOLL

Adaptation
KATHERINE QUENOT

Illustrations
JUDITH HOLMES CLARKE
& THE DISNEY STORYBOOK ARTISTS

PRESSES AVENTURE

Publié par Presses Aventure, une division
de Les Publications Modus Vivendi Inc.
55, rue Jean-Talon Ouest, 2ᵉ étage
Montréal (Québec) Canada H2R 2W8

Paru sous le titre original : *Disney Fairies, Vidia and the Fairy Crown*

Dépôt légal - Bibliothèque et Archives nationales du Québec, 2009
Dépôt légal - Bibliothèque et Archives Canada, 2009

ISBN : 978-2-89543-992-9

Nous reconnaissons l'aide financière du gouvernement du Canada par
l'entremise du Programme d'aide au développement de l'industrie
de l'édition (PADIÉ) pour nos activités d'édition.

Gouvernement du Québec – Programme de crédit d'impôt
pour l'édition de livres – Gestion SODEC

Imprimé en Chine.

Tout sur les fées

Si vous vous dirigez vers la deuxième étoile sur votre droite, puis que vous volez droit devant vous jusqu'au matin, vous arriverez au Pays Imaginaire. C'est une île enchantée où les sirènes s'amusent gaiement et où les enfants ne grandissent jamais : c'est pour cela qu'on l'appelle aussi l'île du Jamais.

Quand vous serez arrivé là-bas, vous entendrez sûrement le délicat tintement de petites clochettes. Suivez donc ce son doux et léger et vous parviendrez alors à Pixie Hollow, qui est le cœur secret du Pays Imaginaire.

Au centre de Pixie Hollow s'élève l'Arbre-aux-Dames, un grand et vénérable érable, où vivent et s'affairent des centaines de fées et d'hommes-hirondelles. Certains d'entre eux excellent en magie aquatique, d'autres volent plus vite que le vent et d'autres encore savent parler aux animaux. Apprenez aussi que Pixie Hollow est le Royaume des Fées et que chacune de celles qui habitent là a un talent unique et extraordinaire.

Non loin de l'Arbre-aux-Dames, nichée dans les branches d'un aubépinier, veille Maman Colombe, le plus magique de tous ces êtres magiques. Jour et nuit, elle couve son œuf tout en gardant un œil vigilant sur ses chères fées qui, à leur tour, la protègent de tout leur amour.

Aussi longtemps que l'œuf magique de Maman Colombe existera, qu'il sera beau, bleu, lisse et brillant comme au premier jour, aucun des êtres qui peuplent le Pays Imaginaire ne vieillira. Il est pourtant arrivé un jour que cet œuf soit brisé. Mais nous n'allons pas raconter ici le périple de l'œuf. Place maintenant à l'histoire de Vidia !

❦

Fées du Pays Imaginaire
Hommes-hirondelles
Venez chacun, venez tous
À l'Anniversaire du Couronnement
De sa Majesté Royale, la Reine Clarion !

· Le lieu ·
La grande salle à manger de l'Arbre-aux-Dames

· L'heure ·
À la prochaine pleine lune
Juste après le coucher du soleil

❦

Pour qu'encore plus joyeux soit ce jour
Revêtez vos plus féériques atours !

1

Toutes les fées et tous les hommes-hirondelles de Pixie Hollow avaient reçu la même invitation. Celle-ci était écrite à la main sur du papier de lin avec du jus de mûre.

Ce serait la plus grande fête que Pixie Hollow ait connue depuis longtemps !

Le matin du jour J, l'Arbre bourdonnait d'activité. Les fées du Pays Imaginaire avaient toutes sauté du lit pour se préparer à célébrer un grand événement : l'Anniversaire du Couronnement de leur chère reine Clarion, qu'elles surnommaient affectueusement Ree.

Dans la cuisine, au rez-de-chaussée de l'Arbre-aux-Dames, les fées Cuisinières et les fées Pâtissières s'activaient avec ardeur pour confectionner les sept plats composant le grand dîner de fête. Le menu comportait des feuilles de pissenlit farcies avec du riz, des pignons de pin et des épices, de la soupe de potiron nain rôti au four, et des tourtes fourrées de champignons nains et de fromage de souris. Dulcie, une Pâtissière, sortait des fournées et des fournées de sa spécialité, le plus délicieux gâteau roulé au coquelicot que l'on puisse trouver au Pays Imaginaire. Pour le dessert, elle avait réalisé un gâteau fourré formé de dix couches superposées de biscuit et de groseilles parfumées à la vanille, le tout recouvert d'un glaçage de crème pâtissière.

Pendant ce temps-là, les fées Polisseuses travaillaient dans le grand hall d'entrée de l'Arbre-aux-Dames et dans la grande salle à manger. Chaque plateau de cuivre, chaque bouton de porte, chaque miroir et chaque loquet de fenêtre étaient astiqués et polis, tout comme le sol de marbre. Les fées voulaient pouvoir voir leur reflet miroiter, de quelque côté qu'elles se tournent !

Ailleurs dans la pièce, les fées Décoratrices et les fées Organisatrices-de-fêtes volaient dans toutes les directions. Elles déplaçaient les chaises et les tables, qu'elles drapaient de nappes en or et de dentelles de toile d'araignée. Elles répandaient des confettis de pétales de fleurs sur chaque table et sur le sol. Elles suspendaient des ballons de toutes les couleurs sous l'entrée voûtée de la salle à manger...

Quant aux fées Lumineuses, elles avaient double ouvrage. Certaines d'entres elles installaient des lanternes à luciole qui illumineraient la pièce de milliers de petits points luisants, tandis que d'autres répétaient le spectacle de lumière qu'elles donneraient lors de la fête. Avec beaucoup d'habileté, elles faisaient varier leur propre scintillement, de manière à produire un effet éblouissant.

De leur côté, les fées Couturières mettaient la dernière main à la robe de la Reine. C'était un chef-d'œuvre taillé d'une seule pièce dans la soie la plus précieuse, sans la moindre couture. Elle était garnie de pétales de fleurs rose pâle, de feuilles vertes d'une douceur de velours et de perles d'eau douce.

Même Clochette, qui était membre des fées Rétameuses, participait aux préparatifs. Les Cuisinières avaient besoin, en effet, de tous les pots et casseroles qu'elles pouvaient se procurer. Clochette s'était levée très tôt ce matin-là pour se rendre dans son atelier situé au deuxième étage de l'Arbre-aux-Dames. Elle voulait en effet terminer de réparer les ustensiles endommagés.

Maintenant, elle allait et venait entre son atelier et la cuisine pour les rapporter.

Pendant son dernier trajet, la fée rencontra son amie Rani. Rani était une fée Aquatique, qui pratiquait la magie de l'eau. Elle avait travaillé toute la matinée, elle aussi, à la cuisine. Elle utilisait son talent pour rendre toutes sortes de petits services, comme, par exemple, faire bouillir l'eau plus vite.

– Rani ! appela Clochette. On peut faire une petite pause ?

Rani regarda autour d'elle dans la cuisine. Tout semblait aller comme sur des roulettes. On pouvait bien se passer d'elle pendant quelques minutes.

– Oui, répondit-elle. J'ai un peu de temps. éclipsons-nous par derrière et sifflons Frère Colombe ! Peut-être pourrait-il nous emmener jusqu'à la plage...

La vérité, c'est que Rani n'avait pas d'ailes. Elle était la seule fée du Pays Imaginaire à en être dépourvue. La fée les avait sacrifiées pour sauver l'Œuf de Maman Colombe et sauver du même coup Pixie Hollow. Depuis lors, c'était Frère Colombe qui lui servait d'ailes. Dès que Rani avait envie ou besoin de voler quelque part, elle n'avait qu'à le siffler et l'oiseau venait immédiatement.

Clochette et Rani quittèrent la cuisine par la porte de derrière et s'avancèrent dans le soleil de cette fin de matinée. La journée était superbe.

Clochette prit une grande inspiration d'air frais.

– Ça va vraiment être une magnifique...

– ... soirée, acheva Rani.

La fée Aquatique avait l'habitude de finir les phrases des autres.

– La soirée idéale pour une fête, ajouta-t-elle.

Soudain, un froissement dans les branches au-dessus de la tête des fées les fit sursauter.

– Est-ce un fau... un faucon ? s'effraya Rani.

Les faucons affamés représentaient la plus grande menace qui pesait sur les fées du Pays Imaginaire. Immédiatement, Clochette se plaça devant Rani en lui faisant un bouclier de son corps. Son regard scrutait intensément les feuillages pour essayer d'identifier le danger.

Mais Clochette se détendit : elle distinguait la forme d'une fée.

– Ce n'est pas un faucon ! s'écria-t-elle en mettant ses mains sur ses hanches en riant. C'est Vidia...

Fondant sur les deux fées comme une flèche, une fée à la chevelure noire atterrit à côté d'elles.

– Bonjour, mes chéries ! s'exclama-t-elle avec un large sourire mielleux.

Vidia, la nouvelle venue, abusait des petits mots comme « chéri », « mon sucre » ou « mon petit cœur ». Seulement, sa façon de les dire donnait l'impression qu'elle pensait tout le contraire...

– Comment se fait-il que vous ne soyez pas dans l'Arbre en train de tout préparer pour la grande fête, comme les autres gentilles fées, hmmm ? persifla-t-elle.

– Nous y étions, commença à se défendre Clochette, prise de court. On faisait...

– ... une pause, acheva Rani.

– Au fait, reprit Clochette en se ressaisissant, quelle est ton excuse à toi ?

La fée ne savait que trop bien que Vidia préférerait mourir plutôt que de se rendre utile en ce jour. Ses relations avec la Reine Ree étaient... disons compliquées. En fait, c'était le cas avec tout le monde. La fée était la plus rapide de toutes les fées de Pixie Hollow et même de toutes les fées Véloces mais, un jour, elle avait trouvé que ce n'était pas suffisant. Pour atteindre une vitesse encore plus grande, elle était allée jusqu'à arracher des plumes vivantes à Maman Colombe : dix plumes. Elle avait ensuite moulu ces plumes pour en faire une poussière de Fées de qualité supérieure, qui lui procurait une vitesse également supérieure.

Après ce forfait, la Reine Ree avait décidé que Vidia ne devrait plus jamais s'approcher de Maman Colombe et elle l'avait donc bannie de sa présence. Avec le temps, Vidia s'était isolée de plus en plus. Elle était la seule fée de Pixie Hollow qui n'habitait pas dans l'Arbre-aux-Dames, mais à l'écart, dans un prunier épineux. En vérité, la plupart des fées et des hommes-hirondelles trouvaient qu'il n'était pas plus mal que Vidia se tienne un peu à distance...

– Feras-tu seulement l'effort de venir ce soir ? lui demanda Clochette.

La Véloce sourit :

– Où donc ? À la fête de la Reine ? s'écria-t-elle avec un rire moqueur. Mais pourquoi diable irais-je gaspiller une aussi belle soirée pour cela ?

Faisant une pause, Vidia parut réfléchir.

– À moins que vous n'ayez besoin de quelqu'un pour arracher au vol cette couronne de mauvais goût de la tête de Madame la Reine ! Cela, je te l'accorde, ce serait amusant... En fait, c'est même une idée assez tentante. Fête ou pas, d'ailleurs...

La Véloce haussa les épaules.

– Bah ! Amusez-vous bien ce soir, mes petites.

Et là-dessus, elle s'envola. En un clin d'œil, elle avait disparu. Clochette et Rani se regardèrent en hochant la tête...

Ce soir-là, pendant que le soleil descendait lentement vers l'horizon, l'activité dans les appartements royaux de l'Arbre-aux-Dames passa à la vitesse supérieure. Cinda, Rhia, Lisel et Grace, les dames d'honneur de la Reine, sortaient les vêtements et disposaient les chaussures et les bijoux que la souveraine porterait à la fête.

Délicatement, Lisel prit dans le placard la
nouvelle robe de soirée fantaisie de la Reine,
qu'elle étala sur le lit. Elle en défit les cinq
boutons de perle pour que la souveraine puisse
l'enfiler plus facilement.

Grace choisit une paire de souliers de soie
rose à bouts pointus et à talons, qu'elle plaça au
pied du lit.

Rhia ouvrit la boîte à bijoux de la Reine et en retira un pendentif de nacre avec une chaîne en argent, qui s'harmonisait parfaitement avec la robe de soirée.

De son côté, Cinda entra dans l'antichambre et se dirigea vers un guéridon surmonté d'une petite vitrine qui abritait la couronne royale. Naturellement, la Reine arborerait cette parure à la fête. Non seulement cette couronne était merveilleusement belle, mais il était aussi de tradition que la Reine la porte à toutes les cérémonies. La couronne était le trésor le plus précieux des fées. À l'exception de l'Œuf de Maman Colombe, c'était le seul objet que les fées du Pays Imaginaire gardaient des temps les plus anciens. Elle avait été transmise de Reine des fées en Reine des fées à travers les âges. Sa valeur était inestimable et elle était irremplaçable. Et c'est pourquoi, lorsqu'elle ouvrit la vitrine, Cinda se figea sur place : la couronne n'était plus là...

2

Quand la Reine Ree apprit que la couronne avait disparu, elle décida de convoquer une réunion d'urgence. Vingt-cinq fées Messagères s'élancèrent aussitôt de l'Arbre-aux-Dames vers les quatre coins de l'horizon. Elles partaient dire à toutes les fées et à tous les hommes-hirondelles de Pixie Hollow de se rassembler immédiatement dans la cour, devant l'Arbre-aux-Dames.

Arrivée la première, la Reine se mit à les attendre patiemment. Elle observait les fées qui affluaient, seules, par deux ou par trois, dans la clairière. Beaucoup avaient l'air soucieux et chuchotaient entre elles avec inquiétude.

– Que se passe-t-il, d'après vous? demanda une fée à voix basse.

– Ce doit être une urgence, lui répondit une autre sur le même ton. Sinon, ça ne s'appellerait pas une réunion d'urgence.

– La Reine semble vraiment très sérieuse, ajouta un homme-hirondelle.

Ils se rassemblèrent en un grand cercle autour de Ree. Quelques fées voletaient sur place. Certaines avaient trouvé un petit coin sur le sol moussu. D'autres s'étaient assises sur des champignons-tabourets, sur des galets, ou encore sur les racines de l'érable. Toutes avaient les yeux fixés sur la Reine qui attendait en silence, tandis que la foule allait grossissant et la rumeur grandissant.

Bientôt, la cour fut illuminée par le scintillement de mille fées et hommes-hirondelles.

Même Vidia était là, rôdant dans l'ombre d'un buisson de mûres. Quand Ree estima que tout le monde était présent, elle s'éclaircit la gorge pour parler. Le silence se fit.

– Fées! Hommes-hirondelles! commença-t-elle d'une voix forte. Je vous ai réunis pour que vous sachiez tous qu'il n'y aura pas de fête ce soir.

Un murmure s'éleva de la foule. Les fées se regardaient sans comprendre. Pas de fête du Couronnement? Après tout ce long travail de préparation?

La Reine inclina la tête :

– J'ai besoin de votre aide pour retrouver ma couronne qui a disparu aujourd'hui, acheva-t-elle.

À ces mots, le murmure de la foule se transforma en un tumulte d'exclamations. La couronne... disparue!

Chacune des fées, chacun des hommes-hirondelles connaissait l'importance de cette précieuse parure. Aussi étaient-ils abasourdis. Que se passait-il donc? Qu'avait-il pu arriver?

– Tu veux dire que quelqu'un l'a volée? s'écria Clochette, perchée sur une racine d'arbre.

– Du calme, fit la Reine. Ne tirons pas trop vite de conclusions. Il y a probablement une bonne explication à la disparition de cette couronne. Et si nous nous y mettons tous, je suis sûre que nous la trouverons.

Terence, qui était le plus talentueux des Empoudreurs, prit la parole :

– Pour commencer, où l'a-t-on vue en dernier? demanda-t-il.

– Quelle est la dernière fée à l'avoir vue? précisa Clochette.

– Depuis combien de temps a-t-elle disparu? compléta Iridessa, une fée Lumineuse.

La Reine leva les mains pour réclamer le silence.

– Ces questions sont excellentes, dit-elle, mais nous ne pouvons pas encore y répondre. Mais, reprit-elle après quelques instants, je devrais peut-être demander à ma camériste Cinda de venir témoigner... C'est elle qui, la première, a vu que la couronne manquait. Quand vous l'aurez entendue, vous en saurez autant que moi sur cette affaire.

Obéissant à la Reine, Cinda s'avança jusqu'au premier rang du cercle formé par les fées. Quand son regard rencontra celui de la souveraine, elle se sentit tellement intimidée que son scintillement devint incandescent.

– N'aie pas peur, ma chérie, lui dit Ree en lui faisant signe de s'approcher encore. Allez, répète à tout le monde ce que tu m'as dit.

Lentement, avec hésitation, Cinda voleta jusqu'au milieu de la cour, devant la Reine.

– Vous savez, il n'y a pas grand-chose à raconter, commença-t-elle d'une petite voix.

Et elle expliqua à quel point elle avait été choquée quand, un peu plus tôt dans la soirée, elle s'était aperçue que la vitrine de la couronne était vide.

– J'ai d'abord pensé qu'une autre fée était passée avant moi... Qu'elle l'avait prise et qu'elle l'avait posée sur la coiffeuse de la Reine. Mais quand j'ai demandé aux autres si elles savaient où se trouvait la couronne, personne n'a pu me répondre.

Cinda leva des yeux désolés vers la Reine.

– On ne savait pas quoi faire ! Ça n'était jamais arrivé ! Alors on est tout de suite allées le dire à la Reine, qui a convoqué cette réunion d'urgence. Et voilà...

La Reine sourit à la fée.

– Merci, Cinda, dit-elle.

Pendant que la camériste reprenait sa place dans le cercle, la souveraine se tourna vers l'assemblée :

– Maintenant, j'ai quelque chose à demander à chacune et à chacun d'entre vous, dit-elle. Je voudrais que vous réfléchissiez aux deux derniers jours écoulés. Quelqu'un a-t-il vu, entendu ou fait quoi que ce soit qui pourrait avoir un rapport avec la disparition de la couronne ?

Personne ne parla pendant un long moment. Les fées regardaient autour d'elles comme si elles attendaient quelque chose. Elles se tournaient par-ci, par-là, réagissant au moindre bruit, au plus léger toussotement, à un frôlement, même à un soupir. Mais c'était pour s'apercevoir à chaque fois que la fée qui en était la cause n'avait rien à dire du tout.

Finalement, une petite voix flûtée s'éleva d'un amas de champignons-tabourets, tout près de la porte d'entrée de l'Arbre-aux-Dames. Elle appartenait à Floriane, une fée Tisseuse-d'herbe.

– Reine Ree, déclara-t-elle, j'ai vu la couronne hier, moi !

– Vraiment ? répondit la Reine en s'animant. Où ? Quand ?

Toutes les fées et les hommes-hirondelles retenaient leur souffle.

– Eh bien, quand tu la portais, dit-elle. Hier, pour le thé de l'après-midi dans le salon.

À ces mots, la foule laissa échapper un soupir de déception.

– Formidable, Floriane ! intervint Vidia d'un ton cassant. Je me demande bien qui n'a pas vu la couronne lors du thé hier ? Ce n'est pas le genre d'information dont nous avons besoin !

La Reine se tourna vers la fée Véloce.

– Il suffit, Vidia ! dit-elle avec mécontentement. Floriane voulait seulement se rendre utile.

– Dis donc, Vidia, commença Rani, moi, à ta place...

La fée Aquatique sauta du galet sur lequel elle était assise et posa ses mains sur les hanches.

– Je me souviens que tu as fait une réflexion pas très gentille ce matin au sujet de la couronne, dit-elle. Tu peux nous rappeler exactement ce que tu as dit ?

– Elle a dit qu'elle avait l'intention de venir à la fête du Couronnement pour arracher la couronne de la Reine ! répondit Clochette avant que Vidia n'ait pu ouvrir la bouche.

Tous les regards se dirigèrent vers la fée aux cheveux noirs, qui se tenait les bras croisés en se balançant d'un pied sur l'autre. Elle considérait Rani et Clochette d'un air mauvais.

– Eh bien ? dit la Reine en se tournant vers la fée Véloce. Est-ce exact ? As-tu dit cela, Vidia ?

– Oui, j'ai dit que je ne viendrais pas à la fête, acquiesça Vidia. Je crois que mes mots précis ont

été : « à moins, bien sûr, que vous n'ayez besoin de quelqu'un pour arracher cette couronne de mauvais goût de la tête de Madame la Reine. »

La foule en eut le souffle coupé. Comment pouvait-on oser lancer une chose pareille au nez de la Reine ? Mais, en vérité, on savait bien que Vidia n'avait jamais mâché ses mots...

– Ce n'est pas tout, reprit Clochette. Après cela, tu as dit que l'idée de chiper la couronne te plaisait bien et que tu allais y réfléchir...

– ... fête ou pas fête, acheva Rani. Oui, elle a aussi dit cela !

La foule suffoqua à nouveau de stupeur.

Vidia eut un rire forcé.

– Tout cela est ridicule, dit-elle. J'ai bien dit cela, effectivement. Mais vraiment, pourquoi voudrais-je prendre ta couronne, Ree ? Qu'est-ce que je pourrais bien en faire ? Tu me vois me pavaner avec ce truc sur la tête ?

La Reine Ree avait l'air troublé.

– Tu as raison, Vidia, dit-elle. Cela n'a pas de sens. Honnêtement, je ne vois vraiment pas pourquoi tu aurais voulu me prendre la couronne. Et honnêtement, je ne veux pas croire que tu sois responsable de sa disparition.

Mais les accusations qui pèsent sur toi sont sérieuses...

La Reine balaya du regard le cercle des fées et des hommes-hirondelles.

– Quelqu'un a-t-il une autre information à nous donner ? Quelque chose qui pourrait nous aider à comprendre ce qui s'est passé...

Le silence tomba pendant un long moment. Personne ne prenait la parole. Personne n'avait d'information à donner.

– Puisqu'il en est ainsi, conclut la Reine en se tournant vers Vidia, je n'ai pas le choix. La couronne est vraiment un objet très précieux pour nous tous. En vérité, elle ne m'appartient pas, elle appartient à Pixie Hollow. Si nous devions découvrir que l'un d'entre nous l'a dérobée, il serait coupable d'un acte très grave.

Elle prit une grande inspiration avant de poursuivre :

– Je crois que nous pourrions même l'appeler un acte de trahison, dit-elle tristement. Et la seule peine qui convienne à un tel crime est le bannissement à vie de Pixie Hollow.

Vidia en resta bouche bée. Puis elle se reprit :

– C'est incroyable ! brailla-t-elle. Mais c'est trop injuste ! N'aurai-je même pas la possibilité de me défendre ? Ne pourrai-je prouver que je ne suis pas coupable ?

– Bien sûr que si, acquiesça la Reine. Mais pas ce soir. Il est trop tard. Nous sommes tous fatigués. Réunissons-nous à nouveau après-demain, en milieu de matinée, proposa-t-elle à l'assemblée en s'élevant dans les airs. Nous entendrons alors Vidia. Tous ceux qui le désirent pourront venir. De cette manière, Vidia, dit-elle en s'adressant à la fée Véloce, tu auras la possibilité de répondre aux accusations portées contre toi.

Inclinant la tête solennellement, la Reine mit fin à la réunion.

– Et d'ici là, ajouta-t-elle en guise d'ultime conclusion, si quelqu'un apprend quoi que ce soit d'utile pour retrouver la couronne, qu'il me le dise. Merci à tous d'être venus et bonne nuit !

Là-dessus, la Reine s'envola et disparut à l'intérieur de l'Arbre-aux-Dames.

Un à un, les fées et les hommes-hirondelles s'envolèrent à leur tour. Quand ils passèrent devant Vidia pour quitter la cour, beaucoup lui jetèrent un regard de dégoût. Quant aux autres, ils évitèrent tout simplement de la regarder.

3

Vidia était sous le choc. Assise par terre dans la cour, à l'ombre de son buisson de mûres, elle regardait devant elle sans rien voir. Elle resta immobile jusqu'à ce que tout le monde soit parti puis, avec un profond soupir, elle se leva. Au moment où elle se retournait, elle aperçut Prilla qui était assise sur un champignon-tabouret, à l'autre bout de la cour...

Cette Prilla au cœur tendre était une des plus jeunes fées du Pays Imaginaire, une des dernières arrivées. Si les autres fées connaissaient Vidia depuis bien plus longtemps qu'elle, en revanche Prilla avait passé plus de temps avec la fée Véloce que personne d'autre, hormis Rani. En effet, elle avait été choisie par Maman Colombe, pour partir en mission en compagnie de Rani et Vidia, sauver son Œuf magique. Faire équipe avec la fée Véloce n'avait pas été chose facile mais, pour le Pays Imaginaire, elles avaient finalement réussi l'impossible.

Pendant cette grande aventure, Prilla avait appris à connaître un peu mieux Vidia. La jeune fée savait pourquoi les autres avaient du fil à retordre avec la fée Véloce. Celle-ci était parfois méchante et égoïste. Ainsi, elle avait plumé Maman Colombe pour obtenir des plumes fraîches qui lui permettaient de voler plus vite. Prilla reconnaissait tout cela...

Mais elle avait entrevu un autre aspect de la fée. Vers la fin de leur mission, la fée Véloce avait

dû faire un choix. Elle pouvait soit partager sa
puissante poudre pour sauver le Pays Imaginaire,
soit, au contraire, la garder pour elle pendant

que l'île entière perdrait à jamais son enchantement.

Et la fée Véloce avait choisi de partager...

Peut-être cela expliquait-il en partie que Prilla soit restée après la fin de la réunion. À la différence des autres fées, elle ne pensait pas que Vidia était entièrement mauvaise.

– Ça va, Vidia? demanda-t-elle à la fée, qu'elle rejoignit d'un coup d'aile.

Mais, d'un geste, Vidia lui fit signe de s'éloigner.

– Tu peux garder pour toi ta pitié, mon cœur! grinça-t-elle en lui décochant un sourire forcé qui s'effaça rapidement. Tu t'imagines peut-être que je me fais du souci? Eh bien, tu te trompes. Pourquoi crois-tu que je vis toute seule dans mon prunier épineux? C'est parce que je vous trouve toutes particulièrement énervantes. Qu'est-ce que ça peut bien me faire si je suis bannie de Pixie Hollow? Cet endroit me sort par les yeux...

Prilla n'était pas dupe. Elle lisait la peur dans les yeux de Vidia. Oh! évidemment, la fée Véloce disait la vérité. Elle trouvait que Pixie Hollow était un endroit assommant. Mais même Vidia n'aimerait pas être forcée de partir de chez elle pour vivre toute seule à jamais, loin de ses semblables.

– Je veux t'aider, Vidia, reprit Prilla. Demain, nous commencerons notre enquête. Nous interrogerons les fées et peut-être découvrirons-nous ce qui est réellement arrivé à la couronne. C'est comme une énigme à résoudre, tu ne trouves pas? ajouta la jeune fée en faisant un saut périlleux dans les airs. Nous serons des détectives!

Vidia plissait le front en regardant Prilla de côté.

– Pourquoi veux-tu m'aider? dit-elle enfin. Et comment peux-tu savoir que je n'ai pas pris la couronne?

Prilla se remit sur ses pieds.

– Je ne le sais pas, dit-elle en haussant les épaules. Peut-être bien que c'est toi qui l'as prise. Mais je ne le crois pas.

Vidia nota que Prilla n'avait pas répondu à sa première question.

– Je t'ai demandé pourquoi tu voulais m'aider, très chère...

Prilla réfléchit un moment. Quand elle était arrivée à Pixie Hollow, contrairement aux autres fées, elle avait eu des difficultés à découvrir quel était son talent. Or, ce talent spécial que chacun, chacune possédait était vraiment le cœur de leur vie. Toutes les fées et tous les hommes-hirondelles passaient beaucoup de temps avec ceux qui partageaient le même pouvoir. Ils prenaient leurs repas ensemble et c'était en général parmi leurs confrères ou consœurs qu'ils rencontraient leurs meilleurs amis. Ignorant son talent, Prilla avait eu bien du mal à trouver sa place à Pixie Hollow. Finalement, à la fin de sa mission, elle avait appris qu'elle était la première fée à détenir le talent de Messagère-vers-l'Autre-Monde, c'est-à-dire la première à savoir communiquer avec le monde des enfants humains. Personne d'autre qu'elle ne l'avait et la jeune fée aurait dû rester seule la plupart du temps. Mais les autres fées l'avaient nommée membre honoraire de leurs confréries et, rapidement, Prilla s'était trouvé plein d'amis à Pixie Hollow. Elle y avait fait son nid...

Cependant, la jeune fée n'avait pas oublié ces premiers temps difficiles. Elle regarda Vidia dans les yeux.

– Je veux t'aider, parce que je sais ce que c'est de se retrouver seule, dit-elle.

Vidia lui retourna son regard. Elles se dévisagèrent un long moment.

Vidia ne demandait jamais d'aide et elle n'avait pas l'habitude d'en recevoir. Elle ne savait pas quoi dire.

Détournant son regard, elle s'éclaircit la gorge. Puis elle regarda les étoiles. Enfin, elle s'éclaircit à nouveau la gorge.

– C'est bon, dit-elle.

Ce ne fut qu'un chuchotement, mais Prilla l'entendit et elle le comprit.

4

Le matin suivant, Vidia et Prilla se retrouvèrent après le petit déjeuner devant l'entrée de
l'Arbre. À peine arrivée, la fée Véloce s'engouffra
par la porte sans attendre Prilla.

– Vidia ! appela Prilla.

La jeune fée avait hâte de partager avec sa
compagne toutes les idées qu'elle avait eues pour
démarrer leur enquête. Elle avait déjà établi une

liste des personnes qu'elles pouvaient interroger et des pistes intéressantes à suivre.

– Vidia, appela-t-elle plus fort, je pensais…

– Penser ? persifla Vidia en virant d'un seul coup vers Prilla. Voyons, tu ne vas quand même pas vouloir te mettre à penser ?

Et la Véloce passa sans s'arrêter à côté de Prilla, qui se remit désespérément à essayer de la rattraper. Une chose était claire : ce n'était pas parce que Prilla lui avait proposé son aide que Vidia allait être gentille avec elle.

– Allez ! dit la Véloce. On va commencer par les cámeristes de la Reine.

Il fut difficile à Prilla de ne pas se laisser distancer pendant qu'elles rejoignaient le deuxième étage de l'Arbre. Elles traversèrent le hall sud-est, puis volèrent jusqu'à la porte de la chambre 10A, où se trouvaient les appartements de la Reine.

Sitôt arrivée, Vidia tambourina à la porte. Comme personne ne répondait, elle frappa encore plus fort. La porte s'entrouvrit, laissant apparaître Cinda qui glissa un coup d'œil furtif dans l'entrebâillement.

– Ah, Cinda ! fit Vidia en écartant la dame d'honneur de son passage.

Et elle pénétra dans l'antichambre de la Reine sans même attendre qu'on l'y invite.

– Ah, Cinda ! répéta-t-elle, quelle courageuse petite fée tu as été hier soir, ma chérie ! T'avancer ainsi toute seule devant cette grande foule effrayante pour raconter ton histoire !

Elle adressa à la fée un sourire d'une fausseté écœurante.

– Mais nous avons encore quelques questions à te poser, à toi et à tes camarades, ajouta-t-elle. N'est-ce pas, Prilla ?

La jeune fée venait à peine d'arriver à la porte. Jamais auparavant elle n'était entrée dans les appartements de la Reine. Son regard émerveillé s'attardait sur l'aménagement raffiné du salon : ses murs couleur peau de pêche pâle, ses magnifiques sofas rembourrés et son tapis de fleurs fraîches posé sur le sol. Au-delà du salon, on apercevait la chambre à coucher de la Reine, peinte dans un vert océan et garnie d'un grand lit à baldaquin.

Les trois autres aides de la Reine, Lisel, Rhia et Grace, en sortirent en volant. Elles portaient une pile de linge en toile d'araignée d'une douceur extrême. En voyant Vidia, elles atterrirent brutalement.

– Qu'est-ce qu'elle fait là ? lança Lisel à Cinda en faisant une grimace.

Rhia et Grace considéraient elles aussi la fée Véloce avec méfiance. Il était évident qu'elles la croyaient coupable d'avoir volé la couronne.

Prilla s'avança.

– Nous voudrions seulement vous poser quelques questions sur la journée d'hier, dit-elle. Vous

comprenez, nous préparons la défense de Vidia pour demain.

– « Nous » ? releva Grace en écarquillant les yeux. Prilla, veux-tu dire que tu es avec elle ?

Prilla haussa les épaules. Son scintillement augmenta. Elle était gênée de devoir s'expliquer.

– Oui, répondit-elle courageusement. Rien ne prouve que c'est Vidia qui a pris la couronne.

– Rien ne le prouve encore, murmura Lisel.

Tournant les talons, elle entraîna ses camarades jusqu'à une grande table, à l'extrémité du salon. Là, les quatre cameristes posèrent leurs draps et leurs taies d'oreiller et commencèrent à les plier.

– Écoutez, mes chéries, lança Vidia en traversant la pièce pour les rejoindre. Tout ce que je veux savoir, c'est à quel moment précis chacune d'entre vous a vu la couronne en dernier. Il est bien de votre devoir, en tant qu'aides de la Reine, de prendre soin de toutes ses affaires, n'est-ce pas ?

Mais, peut-être que, dans le cas présent, vous avez négligé un certain objet que nous ne nommerons pas… Peut-être que vous avez oublié quand vous avez vu la couronne pour la dernière fois !

Les cméristes furent piquées à vif.

– Mais bien sûr qu'on s'en souvient ! protesta Grace. La dernière fois que je l'ai vue, c'était avant-hier, dans la soirée. Je l'avais remise dans sa vitrine, après que la Reine l'eut portée au dîner.

Lisel approuva.

– C'est bien cela, dit-elle en ajoutant sur le sommet de la pile le drap qu'elle venait de plier. Je me souviens que j'ai aperçu Grace qui la rangeait. J'étais dans la pièce où elle se trouvait. C'est la dernière fois que j'ai vu la couronne.

Cinda secoua une taie d'oreiller pour la défroisser.

– Moi, je l'ai vue hier matin, indiqua-t-elle. Rhia la sortait de sa vitrine pour être sûre qu'elle serait prête pour la fête. Est-ce exact, Rhia ?

– Oui, admit celle-ci. J'ai sorti la couronne et j'ai commencé à la nettoyer. C'est à ce moment-là que j'ai remarqué qu'elle avait une petite bosse...

Rhia se tourna vers les autres cámeristcs.

– Vous comprenez, il m'a semblé ennuyeux que la Reine ait une couronne cabossée à sa propre fête du Couronnement!

Les autres fées approuvèrent du chef.

– C'est pourquoi, poursuivit Rhia, j'ai apporté la couronne à l'atelier de réparation.

Vidia rejoignit Rhia en un éclair.

– Quand était-ce? demanda-t-elle.

– Hier matin, répondit Rhia.

La fée décrivit comment elle avait glissé la couronne dans sa pochette, l'avait portée à l'atelier et comment elle l'avait confiée à Adam, l'homme-hirondelle au talent de Réparateur-de-couronnes.

– Je lui ai indiqué ce qu'il fallait arranger en ajoutant que c'était très pressé. Puis je lui ai demandé de rapporter la couronne aux appartements de la Reine dès qu'il aurait terminé.

– Je vois, fit Vidia. Et l'a-t-il fait ?

Rhia hocha la tête avec assurance.

– Bien sûr ! dit-elle.

Puis son front se plissa :

– Enfin… je pense que oui.

Son scintillement rougeoya.

– C'est-à-dire qu'en fait je n'en suis pas absolument sûre... avoua-t-elle.

À ces mots, les trois autres c

 camé

ristes s'arrêtèrent de plier le linge. Elles dévisageaient Rhia.

– Rhia, dit Lisel, les yeux agrandis de stupeur, comment ça, tu n'es pas sûre ?

– C'est que... je... je veux dire... bafouilla Rhia. En fait, j'ai expliqué à Adam que je ne serais peut-être pas là quand il rapporterait la couronne. Vous comprenez, avec les préparatifs de la fête, j'étais tout le temps à droite et à gauche. Mais je lui ai dit qu'il pouvait la confier à n'importe laquelle d'entre nous, continua Rhia en scrutant avec inquiétude le visage de ses amies. L'une d'entre vous l'a-t-il vu rapporter la couronne hier ? s'enquit-elle, pleine d'espoir.

Lisel fit non de la tête.

– Moi non plus, dit Grace.

– Ni moi, dit Cinda.

– Oh non… ! gémit Rhia en portant la main à sa bouche.

Prilla lança à Vidia un regard triomphant.

– Donc, conclut-elle, si Rhia a confié la couronne à Adam et qu'aucune d'entre vous ne l'a vue après cela…

Vidia se précipita vers la porte sans attendre la fin de la phrase.

– On y va, Prilla ! cria-t-elle. Nous avons un Réparateur-de-couronnes à interroger !

5

Quand Prilla rattrapa Vidia au cinquième étage de l'Arbre, dans l'atelier d'Adam, la Véloce était déjà en train de l'interroger.

Assis devant son établi, le Réparateur-de-couronnes avait l'air de se demander ce qui lui arrivait.

– Comment ça, tu n'as pas vu la couronne hier ? fulminait Vidia. Rhia affirme qu'elle te l'a apportée à réparer.

– Mais c'est ce que j'ai fait ! Je l'assure, confirma une toute petite voix derrière Prilla.

Celle-ci se retourna. Rhia se tenait dans l'entrebâillement de la porte. Elle les avait suivies depuis les appartements de la Reine sans que Prilla la remarque. Elle aussi voulait entendre la version d'Adam...

Complètement ébahi, le Réparateur-de-couronnes passait nerveusement la main dans sa tignasse de cheveux roux. Dire que l'instant précédent, il était bien tranquille dans son atelier, tout seul comme d'habitude !

En effet, il n'y avait pas beaucoup de couronnes qui avaient besoin d'être réparées à Pixie Hollow. En fait, il y en avait même très peu. De sorte que, la plupart du temps, Adam était seul et pouvait se consacrer à améliorer son talent de Réparateur-de-couronnes.

À cause de ce travail solitaire, l'homme-hirondelle était devenu assez timide. Même de loin,

Vidia lui faisait peur. Et voilà qu'elle se trouvait soudain à quelques centimètres au-dessus de sa tête, en train d'hurler...

Il leva les bras en l'air, comme un prisonnier qui se rend.

– S'il te plaît, je... je te dis la vérité ! J'ai vu Rhia hier, mais je... je n'ai pas vu la couronne de la Reine.

Rhia les rejoignit.

– Tu ne te souviens donc pas ? demanda-t-elle.

Et elle lui rappela qu'elle était venue à son atelier la veille en le priant de réparer la bosse sur la couronne. Elle lui avait précisé que c'était pressé, puis elle était partie.

– Je t'ai demandé de la rapporter aux appartements de la Reine quand tu aurais fini, ajouta-t-elle. Alors pourquoi ne l'as-tu pas fait ?

Adam écarquillait encore plus ses grands yeux verts.

– C'est donc pour cela que tu es venue me voir dans mon atelier hier? s'exclama-t-il, ahuri. Mais Rhia, quand tu es venue hier, j'étais en train de me servir de ma perceuse à pierres précieuses!

Sur ces mots, l'homme-hirondelle se pencha pour attraper quelque chose à l'autre bout de son établi. C'était un outil bizarre, qui ressemblait à un batteur à œufs avec manivelle reconverti en tournevis.

– Il fonctionne bien, indiqua-t-il, mais il fait un tapage d'enfer. Écoutez...

Tendant le bras vers une pile de pierres qui se trouvaient sur sa gauche, Adam saisit un petit morceau de quartz. D'une main, il plaça l'extrémité de la perceuse sur la pierre et, de l'autre, il tourna la manivelle. Un couinement aigu et assourdissant emplit aussitôt l'atelier. Les trois fées se bouchèrent les oreilles de leurs mains.

– Arrête, arrête, arrête ! cria Vidia.

Adam s'exécuta.

– Mon Dieu, Adam, comment peux-tu supporter ça ? demanda Prilla en se débouchant les oreilles.

Le Réparateur farfouilla dans les poches de son pantalon de travail.

– Je me sers de cela, expliqua-t-il.

Retirant les mains de ses poches, il les ouvrit pour en montrer le contenu aux trois fées : des bouchons de duvet de pissenlit. Puis l'homme-hirondelle s'en mit un dans chaque oreille pour montrer comment il faisait.

– Ne nous égarons pas ! coupa Vidia avec impatience. Quel rapport tout cela a-t-il avec la disparition de la couronne ?

– Quoi ? cria Adam, qui n'entendait rien.

En soupirant d'exaspération, Vidia lui arracha ses bouchons d'oreilles.

– Qu'est-ce que j'en ai à faire de ton histoire de bouchons d'oreilles ? hurla-t-elle.

Adam se recroquevilla de peur. Il se retourna et préféra s'adresser à Rhia.

– Quand tu es venue hier, dit-il, je te tournais le dos, n'est-ce pas ?

Rhia acquiesça.

– J'étais en train de me servir de la perceuse, continua Adam. Donc j'avais encore du duvet de pissenlit dans les oreilles...

Il haussa les épaules.

– Alors de tout ce que tu as dit, je n'ai rien entendu. Je ne me suis aperçu que tu étais là que quand je me suis retourné. Je t'ai fait signe, tu te souviens ? Mais toi, tu as fait demi-tour et tu es partie. J'en ai donc conclu que tu étais juste passée me dire bonjour.

Rhia se prit la tête entre les mains :

– Et moi, de mon côté, j'ai cru que tu me faisais signe que tu avais tout entendu et tout compris ! gémit-elle.

Soudain, elle eut une idée.

– Que tu aies entendu ou pas, j'ai bien laissé la couronne ici ! Tu te souviens n'est-ce-pas ?

Elle alla jusqu'à une table en écorce près de la porte de l'atelier, où elle montra un endroit précis.

– La couronne se trouvait dans sa pochette de velours noir et je l'ai placée ici, indiqua-t-elle.

Mais il n'y avait pas trace de la couronne ou de la pochette sur la table. Juste un amon-cellement de chutes de métal.

– Quand même, dit Prilla, pleine d'espoir, elle devrait se trouver quelque part par là…

La jeune fée regarda sous la table, tandis que Rhia ouvrait quelques placards. Hélas ! il n'y avait ni couronne ni pochette de velours.

– Adam, fit Prilla en soupirant, quelqu'un d'autre est-il venu dans ton atelier hier, à part Rhia ?

Après avoir réfléchi, Adam hocha la tête.

– Oui, Oxya est passée, dit-il.

– Oxya ? fit Rhia. La Ferrailleuse ?

Adam acquiesça encore. Il montra du doigt le tas de ferraille sur la table, à côté de la porte.

– Elle est venue hier comme chaque jour ramasser tous ces rebuts pour les fondre et les recycler, dit-il.

À cette nouvelle, Prilla faillit s'étrangler et Rhia gémit. Quant à Vidia, elle se pinça les lèvres en secouant la tête avec grand accablement.

– Qu'est-ce qui se passe ? demanda Adam, perplexe.

La fée Véloce lui décocha son sourire le plus doucereux.

– Mais tu ne comprends donc pas, mon petit lapin en sucre ? Si la couronne était posée sur cette table, à côté du tas de ferraille qu'Oxya est venue ramasser…

– Alors elle l'a emportée en même temps que la ferraille, continua Rhia.

Prilla avala sa salive.

– … et elle l'a fait fondre !

6

– Vole, Vidia, vole ! cria Prilla.

Et la plus rapide des Véloces de Pixie Hollow s'élança de l'atelier d'Adam pour filer vers celui d'Oxya.

Tout en volant, Vidia se demandait un peu pourquoi elle prenait tellement à cœur de sauver la couronne de la Reine. Qu'est-ce que ça pouvait bien faire si elle arrivait trop tard ? Qu'importait si tout ce tas de ferraille était fondu ? Elle avait déjà identifié au moins deux autres fées à mettre en cause dans la disparition de la couronne : Rhia et Adam. La Reine Ree ne la bannirait certainement plus après avoir entendu leur témoignage.

Malgré cela, Vidia se dépêchait. Sans doute voulait-elle sauver la couronne parce que cela l'innocenterait complètement. Mais un doute flottait dans son esprit. N'y avait-il pas une petite part d'elle-même qui se souciait quand même de sauvegarder un des plus anciens trésors de Pixie Hollow ?

L'atelier de récupération de ferraille d'Oxya se trouvait au troisième étage de l'Arbre. Dans sa hâte, Vidia fit irruption dans l'atelier sans frapper et, bing ! elle se prit les ailes dans un carillon à vent qui pendait au plafond.

Dreling ! dreling ! dreling ! les clochettes tintèrent furieusement, tandis que Vidia essayait rageusement de s'en dégager.

À l'autre bout de l'atelier, Oxya, très étonnée, se leva de son établi. Elle était en train de jeter

des petits morceaux d'aluminium et de cuivre dans un grand chaudron de métal en fusion.

– Arrête tout! hurla Vidia. Arrête tout de suite ce que tu fais!

Retirant avec soin ses lunettes de protection, Oxya les essuya sur sa combinaison de travail.

– Que se passe-t-il? demanda-t-elle tranquillement en remettant ses lunettes.

Oxya était une fée qui voyait toujours le verre à moitié plein, quand d'autres le voyaient à moitié vide. Elle trouvait de l'espoir dans toute situation, même la plus désespérée – de la même façon qu'elle voyait la beauté dans chaque petit bout de métal, qu'il fut tordu ou rouillé.

La passion d'Oxya était de transformer les rebuts de métal en beaux objets, ceux-là même qu'on pouvait admirer partout dans son atelier. Le carillon à vent près de la porte, le mobile de fées volantes suspendu à côté de la fenêtre, la lampe sur son établi... elle avait tout façonné à partir de déchets de métal.

Oxya croyait aussi que la plupart des mauvaises situations pouvaient être retournées positivement. De sorte que, lorsque Vidia se mit à trier frénétiquement l'amas de métal que la Ferrailleuse s'apprêtait à jeter dans la fournaise, la fée essaya-t-elle de la calmer comme elle put.

– Quel que soit le problème, Vidia, je serai heureuse de t'aider, dit-elle. Explique-moi juste ce qui se passe.

Ce fut à cet instant que Prilla arriva, un peu hors d'haleine. Elle aperçut Vidia qui lançait par-dessus son épaule un morceau de cuivre, lequel atterrit bruyamment sur le plancher de l'atelier.

– C'est de la couronne de la Reine dont je te parle ! s'écria la fée Véloce en invectivant Oxya. L'as-tu vue ?

Oxya secoua la tête.

– Non, Vidia, je ne l'ai pas vue, répondit-elle calmement. Qu'est-ce qui te fait croire qu'elle est chez moi ?

Puis, se tournant vers Prilla :

– Bonjour Prilla ! fit-elle gentiment. Es-tu venue avec Vidia ?

Oxya eut l'air étonné quand Prilla opina, mais elle s'abstint de tout commentaire.

En soupirant, Vidia interrompit ses recherches. Elle répéta avec impatience à Oxya ce qu'Adam avait affirmé, à savoir que c'était elle qui avait emporté le tas de déchets la veille.

Oxya le confirma.

– Je viens chercher les déchets de ferraille d'Adam tous les jours, dit-elle. Hier aussi. Je les ai rapportés, je les ai triés, puis j'ai commencé à faire fondre certaines pièces.

Vidia se dressa devant Oxya d'un air menaçant.

– Et tu es certaine que tu n'as rien vu d'inhabituel dans les déchets de métal ? grinça-t-elle. Réfléchis bien, ma chérie ! Vois-tu, il se peut que la pochette de velours contenant la couronne de la Reine se soit glissée dans le tas...

À ces mots, Oxya sursauta.

– Une pochette de velours? s'écria-t-elle soudain, tandis que son visage s'éclairait. Mais oui! Bien entendu! J'ai trouvé un petit morceau de tissu de velours noir dans la ferraille…

En souriant, elle tapota Vidia dans le dos.

– Tu vois, lui dit-elle d'un ton encourageant, nous sommes sur la bonne piste! On va trouver la solution!

Vidia la regarda d'un air furibond.

– Arrête tes violons! dit-elle en se dégageant avec brusquerie. Dis-moi seulement ce que tu as fait de cette pochette!

Oxya soupira. Quelle fée négative était cette Vidia! Tournant les talons, elle s'envola vers une petite porte carrée qui s'ouvrait dans le mur le plus éloigné de l'atelier.

– Ma foi, je ne savais pas que c'était une pochette, dit-elle aux deux fées qui la suivaient. Je n'ai pas senti que ce morceau de tissu conte-nait quelque chose. Mais il est vrai que la couronne de la Reine est sans doute l'objet le plus léger et le plus délicat que l'on ait jamais fabriqué ! C'est probablement pour cela que j'ai pris cette pochette pour un simple bout de tissu.

Elle haussa les épaules :

– J'étais sûre que je pourrais en faire quelque chose, dit-elle. Mais comme elle avait quelques taches de rouille à force d'avoir été frottée contre le métal...

S'interrompant, Oxya poussa la petite porte carrée. Celle-ci s'ouvrit sur un toboggan métallique qui s'enfonçait dans l'obscurité.

– Je l'ai lancée là avec mon linge sale, conclut-elle.

7

Vidia quitta les lieux si soudainement que Prilla dut mettre toute la gomme pour la rattraper. Emportée par sa vitesse, elle percuta la fée Véloce qui se reposait un instant sur le grand escalier central de l'Arbre, au deuxième étage.

– Outch! cria la jeune fée en tombant en arrière.

– Regarde un peu où tu mets les ailes! vociféra Vidia en lui lançant un regard noir.

La fée Véloce se remit aussitôt en route pour continuer sa fulgurante descente jusqu'au premier étage où se trouvait la blanchisserie.

– Écoute, lança Prilla en se pressant derrière elle, au moins Oxya n'a pas fait fondre la couronne !

– C'est sûr, lui jeta Vidia par-dessus son épaule. On n'a pas eu cette chance ! À l'heure qu'il est, nous serions débarrassées du problème...

Prilla secoua la tête. Cette Vidia, il fallait la supporter... En bas de l'escalier, elles franchirent le hall qui conduisait à la cuisine qu'elles traversèrent tout du long sans se laisser distraire par l'essaim de Cuisinières, Pâtissières et Plongeuses au travail. Là, elles aboutirent à un autre hall, qu'elles traversèrent aussi jusqu'à une porte à battants percée d'un hublot. Après l'avoir poussée, Vidia et Prilla se retrouvèrent dans la blanchisserie.

La blanchisserie de l'Arbre-aux-Dames était une pièce immense, avec des plafonds très hauts qui s'élevaient à quelque quarante centimètres. Les murs blanchis à la chaux étaient éclairés par des plafonniers diffusant à profusion une lumière éclatante. C'était la pièce la plus claire et la plus propre qui ait jamais existé. Ici et là, les

Blanchisseurs et les Blanchisseuses vaquaient à leurs occupations en volant. Les uns transportaient des paniers de linge sale jusqu'à des rangées de vasques, devant lesquelles d'autres fées lavaient et frottaient avec ardeur. D'autres encore poussaient des chariots à ballon remplis de linge mouillé. Ces chariots étaient maintenus à quelques centimètres au-dessus du sol par des ballons remplis de poussière de Fées. Plus loin encore, d'autres fées se tenaient devant de longues tables pliant le linge qui avait été lavé et séché.

Un immense réseau de toboggans à linge sale provenant des ateliers et des chambres des étages supérieurs aboutissait là. Chaque toboggan portait l'indication de l'étage et de la pièce dont il venait, et le linge sale tombait directement dans des paniers.

Vidia et Prilla se rendirent au toboggan portant la mention 3 G. C'était celui qui venait

de l'atelier d'Oxya. Une Blanchisseuse du nom de Lympia se tenait dessous et triait le linge tombé.

Après l'avoir saluée, Prilla lui demanda si elle avait travaillé là la veille. Comme Lympia lui répondit par l'affirmative, Vidia se lança aussitôt dans son interrogatoire.

– N'as-tu pas trouvé quelque chose d'inhabituel dans le linge d'Oxya, hier après-midi ? demanda-t-elle d'un ton soupçonneux.

– Que veux-tu dire par « inhabituel » ? répliqua Lympia en regardant Vidia d'un air soupçonneux, elle aussi.

Tout comme les dames d'honneur de la Reine, Lympia ne faisait pas confiance à Vidia.

– Qu'est-ce que c'est que cette histoire, Prilla ? demanda-t-elle à la jeune fée.

– Nous sommes sur la piste de la couronne disparue, expliqua Prilla.

Et elle lui fit un résumé de ce qu'elles avaient déjà découvert : comment Rhia avait apporté la couronne à l'atelier d'Adam, comment la précieuse parure avait été accidentellement ramassée par Oxya, et comment la Récupératrice l'avait jetée avec son linge sale sans le savoir.

– Es-tu certaine que tu n'as pas trouvé une pochette de velours noir dans le linge d'Oxya hier ? demanda Prilla à Lympia, quand celle-ci eut fini ses explications.

Lympia sursauta :

– Oh ! s'exclama-t-elle, mais si ! j'ai trouvé une espèce de truc en velours... Mais qu'est-ce que cela a à voir avec notre affaire ?

Vidia soupira d'exaspération.

– La couronne était dans la pochette, ma douce enfant. Franchement, si quelqu'un avait pris la peine de regarder à l'intérieur de cette pochette, je ne serais pas dans ce pétrin à l'heure qu'il est !

Faisant les gros yeux à Vidia, Lympia se tourna à nouveau vers Prilla :

– J'étais en train de trier le linge d'Oxya en séparant les couleurs claires et sombres, dit-elle. Quand j'ai trouvé la pochette de velours, je l'ai mise de côté. On ne pouvait pas la laver avec le reste, vois-tu, il fallait la nettoyer à part.

Prilla approuva.

– Alors où l'as-tu mise ? demanda-t-elle.

Il y eut un long silence, pendant que Lympia réfléchissait.

– Tu sais, finit-elle par répondre, vraiment je ne saurais pas dire.

Vidia sourit à larges dents.

– C'est parfait ! fit-elle en haussant les épaules avec une désinvolture calculée. Demain, lors de mon audience, je n'aurai qu'à dire que nous avons retrouvé la trace de la couronne jusqu'à la blanchisserie et que, bien malheureusement, la piste s'est arrêtée là, parce que la pauvre Lympia

« n'aurait vraiment pas su dire » où elle avait mis le plus grand trésor de notre cher Pixie Hollow.

Sur ce, la Véloce se détourna comme si elle s'apprêtait à partir.

– On perd notre temps, se découragea-t-elle.

Le scintillement de Lympia devint soudain incandescent.

– Non, s'écria-t-elle, attends !

S'arrêtant net, Vidia se retourna.

– Laisse-moi essayer de retracer mes pas, dit la fée Blanchisseuse en se tournant vers Prilla. Peut-être que ça m'aidera à me souvenir de ce que j'ai fait de la pochette...

Vidia et Prilla suivirent la fée jusqu'à l'endroit où l'on garait les chariots à ballon.

– Hier après-midi, commença-t-elle, j'ai trié le linge d'Oxya, puis je suis venue chercher un chariot à ballon pour le transporter.

Elle sortit l'un des chariots de son emplacement pour le leur montrer.

– J'ai mis les vêtements clairs dans un panier et les sombres dans un autre, poursuivit-elle. Quant à la pochette de velours, je l'ai déposée tout au fond du chariot.

Les deux enquêtrices continuèrent à suivre Lympia pendant qu'elle faisait glisser le chariot jusqu'aux vasques.

– Là, j'ai mis les vêtements clairs d'Oxya dans la lessive. J'ai laissé le panier à côté des vasques...

Elles suivirent ensuite Lympia jusqu'à la roue à eau.

– J'ai apporté ici le panier de vêtements sombres pour frotter l'un d'eux qui avait des taches...

Vidia et Prilla suivirent à nouveau Lympia jusqu'aux vasques.

– J'ai rapporté les vêtements sombres d'Oxya et je les ai mis dans la lessive. J'ai laissé le panier à côté pendant que je les lavais...

Elles la suivirent de nouveau jusqu'au garage à chariots. Lympia tenta alors d'expliquer :

– Ensuite, j'ai reconduit le chariot ici. Je l'ai rattaché. Et là, je me suis reposée un peu pendant que le linge trempait.

Elle se frappa le front avec la main :

– J'ai dû oublier de sortir la pochette du chariot avant de le remettre à sa place ! s'exclama-t-elle d'un air penaud.

8

Lympia n'avait aucune idée de qui s'était servi du chariot après elle. Mais elle avait une pièce supplémentaire à ajouter au puzzle :

– Hier, se souvint-elle, beaucoup de Blanchis-seuses étaient occupées à laver et à plier du linge de table en prévision de l'Anniversaire du Couronnement. Elles entassaient toutes les nappes et les napperons propres dans les chariots. Les Organisatrices-de-fêtes sont ensuite venues les chercher.

À cet instant, Lympia haussa les épaules.

– Si ça se trouve, l'une d'elles s'est servie du chariot qui contenait encore la pochette ! s'exclama-t-elle.

Prilla remercia Lympia de son aide. Vidia était déjà à mi-chemin de la sortie.

– Attends-moi, Vidia ! appela Prilla en se précipitant à ses trousses.

Elle retrouva la fée Véloce à l'extérieur de la blanchisserie.

– On se donne un mal de chien depuis ce matin, fulmina Vidia, et on n'est guère plus avancées !

Prilla sourit.

– Mais si ! on a progressé, dit-elle d'un ton encourageant en lui tapotant le dos. Nous sommes sur la bonne piste. On rassemble un à un tous les éléments du puzzle ! On résout l'énigme !

Les yeux bleus de Prilla pétillaient.

– Et tu dois bien reconnaître une chose, ajouta la jeune fée, c'est plutôt amusant !

Vidia pinça les lèvres en regardant Prilla de biais. Sans un mot, elle tourna les talons et s'engouffra dans le couloir. Mais Prilla avait bien cru déceler une petite lueur complice dans ses yeux...

Elles rejoignirent les Organisatrices-de-fêtes dans le salon de thé. Quand celles-ci n'étaient pas occupées à préparer une fête, elles aidaient les Cuisinières à disposer les tables et les chaises. Prilla et Vidia les trouvèrent en train de mettre la table pour le déjeuner. Certaines apportaient de la cuisine des plats et des plateaux qu'elles disposaient sur un buffet. Prilla avisa une assiette de petits gâteaux de Savoie à la fraise. Son ventre gargouilla. La jeune fée savait qu'elle ne pourrait se restaurer de tout l'après-midi...

Elle prit un gâteau et, la bouche encore pleine, repéra Vidia qui parlait déjà à Nora, l'une

des fées Organisatrices-de-fêtes. Prilla la rejoignit à temps pour entendre toutes ses questions.

– Excuse-moi, mon agneau en sucre, disait Vidia en usant et abusant de son ton mielleux mais n'aurais-tu pas trouvé une pochette de velours noir quand tu préparais la fête hier ? Elle se trouvait parmi les nappes...

Nora, qui mettait les fourchettes et les couteaux sur une table, répondit sans même lever les yeux :

– Vous parlez de la pochette de velours avec la couronne dedans ?

Vidia et Prilla en restèrent sans voix. Nora savait-elle donc où se trouvait la couronne ? Mais si c'était le cas, pourquoi n'avait-elle rien dit à la réunion ?

La première, Vidia se ressaisit :

– Oui ! on parle bien de la pochette qui contient la couronne ! Où se trouve-t-elle, Nora ?

La fée Organisatrice leva les yeux. Elle ne comprenait pas pourquoi Vidia était si excitée.

– Ma foi, dit-elle, on l'a sortie de sa pochette, puis on l'a ajoutée dans la remise avec toutes les autres couronnes, répondit-elle d'un ton assez désinvolte.

Vidia et Prilla étaient dans la plus totale perplexité.

– Quelles autres couronnes ? demanda Prilla.

– Mais les couronnes pour la fête ! répliqua Nora.

Elle reposa les cuillères en pile sur la table, puis s'envola en faisant signe à Vidia et Prilla de la suivre.

– Venez, dit-elle, je vais vous montrer.

Nora gagna la grande salle à manger où la fête aurait dû avoir lieu la nuit précédente. Une voûte de ballons encadrait toujours la porte et les tables étaient encore enveloppées d'or et de dentelles de toile d'araignée. Tout était prêt pour la fête qui n'avait pas eu lieu...

Au fond de la salle se trouvait une petite porte surmontée d'un écriteau indiquant : « Réserve ». Nora y vola directement et l'ouvrit avant de s'écarter pour laisser passer Vidia et Prilla.

La pièce était faiblement éclairée par une petite fenêtre placée en hauteur. Vidia et Prilla ne discernèrent d'abord qu'une masse confuse d'objets empilés à terre. Puis, comme elles s'accoutumaient à l'obscurité, les formes devinrent plus nettes. Elles distinguèrent alors des piles de couronnes brillantes et étincelantes, dont chacune était la réplique exacte de celle de la Reine Ree.

9

– On dirait presque des vraies, n'est-ce pas ?
s'écria Nora avec fierté en montrant du doigt les
couronnes empilées.

– Que veux-tu dire ? demanda Prilla qui avait
la tête qui tournait.

– Pourquoi dis-tu « presque des vraies » ? ajouta
Vidia.

– Mais parce qu'elles sont fausses, bien sûr !
fit Nora en prenant une couronne sur une des
piles. On les a fait fabriquer spécialement pour
la fête du Couronnement. Elles sont toutes

exactement identiques à celles de la Reine. Il était prévu qu'hier soir nous en mettions une sur chaque assiette. Chaque fée l'aurait portée pendant la fête et l'aurait gardée ensuite en souvenir.

En souriant, elle posa délicatement la couronne factice sur sa tête.

– C'est une bonne idée, n'est-ce pas ? fit-elle.

Vidia et Prilla se taisaient. Elles contemplaient tous ces monceaux de couronnes les yeux écarquillés.

– Mais, quand la Reine a annoncé que la vraie couronne avait disparu et que la fête était annulée, poursuivit Nora en lançant un petit coup d'œil de biais à Vidia, nous avons décidé de les laisser là.

Nora enleva la couronne de sa tête et la remit sur la pile.

– Et maintenant, on ne sait pas très bien quoi en faire, conclut-elle.

Vidia soupira en regardant les couronnes empilées.

– Eh bien, moi je peux te dire la première chose qu'on va faire avec ces couronnes! grinça-t-elle.

– Quoi donc? demanda Nora d'un air étonné.

– Les examiner pour retrouver la véritable couronne! répondit Vidia.

Maintenant, c'était Nora qui avait l'air perplexe. Alors, Prilla lui expliqua tout: depuis le moment où Rhia avait déposé la couronne bosselée à l'atelier d'Adam, jusqu'à ce que Lympia l'oublie, dans sa pochette, au fond du chariot à ballon.

Les yeux de Nora s'agrandirent d'effarement.

– Mais alors cela signifie… dit-elle en parlant et en réfléchissant en même temps, que la couronne… celle dans sa petite pochette de velours noir... la vraie... nous l'avons entassée avec les autres ! La couronne est donc... ici !

Prilla et Vidia hochèrent la tête. Oui, c'était bien cela. L'authentique couronne royale, cette œuvre d'art irremplaçable provenant des origines de Pixie Hollow, était bien quelque part dans cette réserve sombre et poussiéreuse. Comment diable pourraient-elles la retrouver, mélangée à des centaines de copies exactement identiques ?

– Nora, finit par dire Prilla, peux-tu nous dire qui a fabriqué ces fausses couronnes ? Qui a trouvé le moyen de réaliser d'aussi bonnes copies ?

– C'est Arty, répondit Nora. Tu le connais, c'est un de nos artistes. Il a passé beaucoup de temps pour obtenir ce résultat.

Peu de temps après, Arty était là. Il se tenait, mélancolique, dans la réserve, au milieu des nombreuses piles de couronnes. Prilla, Vidia et Nora venaient de lui expliquer le problème.

– Dire que je me suis donné tellement de mal pour que mes couronnes ressemblent exactement à celles de la Reine ! dit-il. Et maintenant nous aimerions que je n'aie pas si bien réussi...

Pauvre Arty ! C'était vrai, il avait travaillé dur sur ces babioles et après cela, la fête avait été annulée. Et maintenant, en plus, il se pouvait que ces couronnes ne servent jamais.

Mais Vidia ne se sentait pas d'humeur compatissante. La tâche qui les attendait l'irritait d'avance. Passer au crible toutes ces fausses couronnes allait être aussi fastidieux que de chercher une aiguille dans une botte de foin.

– Alors, demanda-t-elle avec impatience à Arty, y a-t-il moyen de reconnaître la vraie parmi les fausses ?

Arty acquiesça de la tête.

– Oui, il y a moyen, dit-il, mais pas à l'œil nu.

Il prit une couronne en montrant du doigt le travail raffiné du métal et la beauté des pierres.

– Vous voyez la délicatesse de la ciselure ? Ces rangées de pierres de lune ? La grosse opale brillante au milieu ? En fait, ce ne sont que des déchets de fer-blanc et de la verroterie ! Mais, avec beaucoup de poussière de Fées et un peu de ma magie personnelle, je leur ai donné l'éclat du vrai. Il n'y a pas le moindre défaut. Aucun moyen de déceler qu'il ne s'agit que d'une apparence...

Les fées regardaient attentivement la couronne que tenait Arty. C'était vrai. Aucune d'elles n'aurait pu deviner qu'elle était truquée. Mais Arty avait prononcé le mot « défaut », ce qui avait donné une idée à Prilla :

– Attendez, dit-elle. Et la bosse sur la vraie couronne ? Cette bosse que Rhia voulait effacer...

103

Elle se tourna vers Arty :

– Ne pouvons-nous simplement chercher une couronne avec une bosse ? dit-elle. Ce serait la vraie, non ?

Arty secoua la tête :

– Je crains bien que non, dit-il. J'ai reproduit exactement la couronne de la Reine, soit, avec sa bosse.

Et, joignant le geste à la parole, il montra la bosse sur la fausse couronne qu'il tenait à la main.

– C'est vrai qu'avec le temps, poursuivit-il, la magie va se dissiper. Les fausses couronnes finiront par ressembler à ce qu'elles sont vraiment : du métal ordinaire avec des éclats de quartz et des petits cailloux de couleur grossièrement enchâssés.

Mais les fées savaient que cela prendrait des mois. Et c'était maintenant qu'il fallait trouver la vraie couronne !

– Il n'y a qu'un seul aspect de la vraie couronne que je n'ai pas réussi à copier, ajouta alors Arty.

La mine des fées s'éclaira.

– Quand on la met sur la tête de quelqu'un, expliqua l'artiste, la vraie couronne s'adapte magiquement à son tour de tête. Ma magie n'a pas été assez puissante pour reproduire cela. Toutes les fausses couronnes sont en taille 5.

Aucune des fées présentes ne faisait du 5. Prilla et Nora faisaient du 4. Vidia du 3,5. Et Arty, du 6.

Vidia eut un petit rire aigre :

– Pince-moi pour me dire que je ne rêve pas ! dit-elle. Nous allons devoir essayer toutes ces couronnes, jusqu'à ce que l'on trouve celle qui nous ira magiquement ?

Arty opina.

– Oui. Et encore une chose, dit-il. En même temps qu'on se met la couronne sur la tête, il faut prononcer une formule spéciale pour réveiller le pouvoir magique de la vraie couronne.

Vidia le regarda avec méfiance.

– Quelle sorte de formule ?

La fée Véloce semblait presque craindre d'entendre la réponse. Arty s'éclaircit alors la gorge.

– Il faut dire :

PIXIE HOLLOW
MAMAN COLOMBE
LE MONDE QU'ON CHÉRIT
LA COLOMBE QU'ON ADORE

À ces paroles, Vidia montra tout son dégoût.

– Hein ? s'écria-t-elle. Mais c'est la chose la plus idiote que j'ai jamais entendue !

Prilla lui tapota affectueusement le dos.

– Allez, Vidia, dit-elle, ça ne te sort peut-être pas facilement de la bouche maintenant, mais tu verras, ça ira mieux dans quelques heures... quand tu auras prononcé cette formule des centaines de fois !

Au début, Vidia refusa d'essayer la moindre couronne. Cette formule idiote lui aurait brûlé la bouche. Elle alla s'asseoir sur un sac de farine en toile de jute qui se trouvait dans un coin de la réserve et, l'air buté, croisa les bras en regardant les autres essayer les couronnes en prononçant les mots magiques.

Mais la fée trouva vite le temps long. Elle se rendait compte aussi que les recherches seraient plus rapides si elle y contribuait aussi.

– Pour l'amour de Dieu, s'écria-t-elle d'une voix sèche, vous ne pouvez pas vous dépêcher un peu ? À ce train-là, on en a pour la nuit !

Disant ces mots, elle sauta de son sac de farine et ramassa une couronne, qu'elle se mit sur la tête. Comme la fée faisait du 3,5, la couronne, trop grande, lui glissa sur les yeux. Alors, d'un murmure presque inaudible, elle prononça la formule :

PIXIE HOLLOW
MAMAN COLOMBE
LE MONDE QU'ON CHÉRIT
LA COLOMBE QU'ON ADORE

Il en coûtait à la fée de prononcer ces vers stupides. Or, pour aggraver les choses, il ne se passa rien. Rien du tout ! Aucun changement. Aucune magie. La couronne lui allait toujours aussi mal...

En soupirant d'exaspération, Vidia l'enleva avant de la lancer sur le tas de fausses couronnes. Puis elle en prit une autre. Ce travail se poursuivit toute la soirée et dans la nuit. À minuit, la pile des couronnes qui restaient à essayer surplombait encore de haut celle des fausses.

Alors que les premières lueurs du jour pénétraient par la fenêtre, Vidia s'arrêta un instant et bâilla. Elle regarda les autres. Une couronne encore sur la tête, Arty était effondré contre une caisse et dormait profondément. Nora aussi avait les yeux fermés. Elle était étendue de tout son long par terre, au milieu des couronnes qui n'avaient pas encore été testées.

Vidia en attrapa une autre. À présent, ses gestes étaient devenus automatiques : « Prendre couronne, mettre sur tête, dire mots, jeter. Prendre couronne, mettre sur tête, dire mots, jeter... »

Si bien que lorsque la chose tant attendue se produisit enfin, elle faillit ne pas s'en apercevoir !

«Prendre couronne, mettre sur tête, dire mots, jet...»

Mais cette fois, quand Vidia leva la main pour enlever la dite couronne, elle s'arrêta net.

Était-ce son imagination... ou la couronne venait-elle de rétrécir ? C'était incroyable !

Quand elle l'avait placée sur sa tête, comme toutes les précédentes, la couronne avait glissé sur ses yeux. Mais à présent, au moment de l'ôter, elle sentait que celle-ci allait parfaitement sur son crâne.

Lentement, Vidia la retira. Elle la tint devant elle et la fixa des yeux. C'était donc bien elle... la couronne de la Reine. L'authentique ! La fée Véloce ne put retenir un soupir de soulagement. Elle était certaine désormais qu'elle ne serait pas bannie de Pixie Hollow. Non seulement elle pourrait prouver, sans doute possible, qu'elle n'avait pas dérobé la couronne, mais elle avait aussi réussi à résoudre le mystère de sa disparition. Et, qui plus est, elle avait retrouvé l'objet du délit. Oui, Vidia avait lavé son nom et son honneur.

La fée ouvrit la bouche pour le dire à Prilla... puis elle la referma. Une idée prenait forme dans son esprit. Son soulagement d'avoir trouvé la couronne avait été si fort qu'il avait complètement refoulé d'autres sentiments très différents. Mais maintenant ces sentiments revenaient : la colère, l'amertume. Et autre chose encore. Qu'était-ce donc ? Oui, une envie de... vengeance !

Presque tout le monde à Pixie Hollow avait cru qu'elle avait pris la couronne. Mais maintenant qu'elle la tenait entre ses mains, celle-ci était entièrement en son pouvoir, n'est-ce pas ? Alors pourquoi ne pas leur donner raison à tous ? Pourquoi ne pas la voler pour de vrai ? Elle pouvait probablement le faire sans risque d'être démasquée, à présent. Il suffisait de la cacher pendant que Prilla, Nora et Arty dormaient. Après quoi, elle irait à l'audience et rendrait compte de leur enquête à la Reine, en se gardant toutefois de lui dire qu'elle avait retrouvé la vraie couronne. Les témoignages des uns et des autres la mettraient entièrement hors de cause, et pourtant elle aurait la couronne !

Vidia n'avait pas prononcé un mot depuis sa découverte. Elle n'avait pas non plus quitté la couronne des yeux. Levant la tête, elle regarda en direction de Prilla. Et c'est alors qu'à sa grande surprise, elle vit que Prilla la regardait aussi. Elle sentit même que la jeune fée voyait en elle.

Vidia ne se trompait pas. Prilla savait exactement ce qui se passait dans la tête de Vidia.

Dans la cour devant l'Arbre, la Reine Ree essayait tant bien que mal d'ouvrir la séance.

– S'il vous plaît, s'il vous plaît ! cria-t-elle au-dessus du tumulte, faites silence !

Lentement mais sûrement, le bavardage des fées et des hommes-hirondelles s'apaisa. Tout le monde était venu pour savoir ce que Vidia aurait à dire pour sa défense. Comme pour le soir de la réunion d'urgence, toutes les places confortables étaient prises : chaque champignon-tabouret, chaque motte de terre moussue…

La Reine se tenait devant l'Arbre-aux-Dames. En ce milieu de matinée, un rayon de soleil perçait le feuillage et tombait juste à l'endroit où se tenait la souveraine.

À sa gauche se trouvait Vidia, les mains cachées dans le dos. Un peu plus loin, assise sur un champignon-tabouret, au premier rang de la foule, Prilla contemplait la scène avec une certaine anxiété.

– Vidia ? appela la Reine. Cette audience est pour toi l'occasion de répondre à l'accusation qui pèse sur toi. Tu as été accusée du vol de la couronne royale, ajouta-t-elle en lui faisant signe de s'avancer. Écoutons tous maintenant, le cœur et l'esprit ouvert, ce que tu as à nous dire !

La Reine recula de quelques pas et, les mains toujours croisées dans le dos, Vidia s'avança.

– En fait, commença la fée Véloce d'une voix ferme et sonore, je n'ai pas grand-chose à dire.

Elle sortit une main de derrière son dos et la tendit vers la Reine. Dans cette main se trouvait la couronne…

– Je pense que cela devrait suffire ! commenta-t-elle avec un sourire ironique.

Une vague de surprise parcourut la foule.

– Alors c'était bien elle la coupable ! s'écria Clochette.

– Elle avoue donc ! dit quelqu'un d'autre.

– Qu'on la bannisse ! conclut un troisième.

S'avançant vers la foule, la Reine éleva les mains :

– S'il vous plaît, fit-elle, vous devez vous tenir tranquilles pendant l'audience, sans quoi je devrai la poursuivre à huis clos.

Le silence s'installa à nouveau. Se tournant vers Vidia, la Reine lui prit la couronne des mains.

– Je ne comprends pas, dit-elle, tu ne veux vraiment pas nous dire où était la couronne et comment elle s'est retrouvée entre tes mains ?

Vidia secoua la tête :

– Non, répondit-elle. Mais si cela ne t'ennuie pas, ma chère Reine, reprit la Véloce en lui souriant tout en s'inclinant profondément, j'aimerais inviter certains d'entre nous à dire quelques mots.

La Reine acquiesça, tandis que Vidia cherchait des yeux dans la foule :

– Je voudrais demander à Rhia, Adam, Oxya, Lympia, Nora et Arty de venir me rejoindre ! dit-elle.

Un à un, les quatre fées et les deux hommes-hirondelles s'approchèrent en volant. Ils se placèrent à côté de Vidia, face à la foule impatiente. Tous avaient l'air un peu gêné.

Vidia fit signe à Rhia.

– Rhia, dit-elle, sois un amour et raconte à tout le monde ce que tu as fait de la couronne le matin de l'Anniversaire du Couronnement.

D'une voix timide, Rhia commença le récit du voyage de la couronne à travers l'Arbre-aux-Dames. Pour sa part, elle avait apporté la couronne à l'atelier pour qu'elle soit réparée et elle avait mal interprété le geste d'Adam.

– Si seulement je n'avais pas été aussi pressée ! gémit-elle.

Adam prit sa suite. Il exposa à tout le monde que ses bouchons d'oreilles l'avaient empêché d'entendre Rhia et décrivit comment Oxya avait ramassé la couronne avec les déchets de métal de son atelier. Et ainsi de suite... Le récit était repris d'un conteur à l'autre : d'Adam à Oxya, d'Oxya à Lympia, de Lympia à Nora, puis à Arty. Chacun

d'eux expliquait le rôle qu'il avait joué dans la disparition de la couronne.

– Une fois que j'ai eu expliqué comment faire la différence entre la vraie couronne et toutes les fausses, déclara Arty en concluant l'histoire, nous nous sommes finalement tous mis à les essayer.

Il haussa les épaules et se tourna vers Vidia.

– Et au bout du compte, c'est elle qui l'a trouvée... la couronne de la Reine !

Ainsi semblait finir l'histoire.

Seules Vidia et Prilla savaient qu'un épisode, vers la fin, avait été omis. C'était celui où Vidia avait failli devenir la fée mauvaise que beaucoup croyaient qu'elle était. C'était aussi le moment où elle avait choisi une autre voie.

Vidia glissa un regard de côté à Prilla. La jeune fée lui sourit et il se passa alors une chose étrange : Vidia répondit à son sourire. Ce n'était pas l'un de ses sourires faux et doucereux.

C'était un véritable signe de gratitude pour l'aide que la jeune fée lui avait apportée. Prilla savait que Vidia ne lui dirait pas merci. Elle savait qu'elles n'en reparleraient probablement jamais. Ce sourire serait tout ce qu'elle obtiendrait.

Mais cela lui suffisait...

La Reine s'avança pour s'adresser à tous :

– Eh bien ! dit-elle, en ce qui me concerne, les choses sont claires. Je ne doute pas qu'il en aille de même pour tout le monde.

Elle parcourut la foule du regard et chacun acquiesça de la tête.

– Je voudrais ajouter quelque chose, reprit la souveraine.

S'approchant de Vidia, elle lui posa la main sur l'épaule.

– Vidia, je te dois des excuses, dit-elle. Nous te devons tous des excuses. Nous t'avons accusée à tort. Nous te devons aussi de nombreux remerciements. Tu t'es donné beaucoup de peine pour retrouver la couronne et la rapporter en un lieu sûr.

La Reine se tourna à nouveau vers la foule.

– Pour célébrer l'événement, annonça-t-elle, je voudrais que l'on reprogramme la fête !

À ces mots, la foule manifesta sa joie.

– Toutefois, cette fête ne sera pas uniquement celle du Couronnement, précisa la Reine. On la célébrera aussi en l'honneur de Vidia.

Elle regarda la Véloce :

– Voudras-tu être notre invitée d'honneur ? lui demanda-t-elle.

Vidia sourit :

– Vraiment, Ree, tu me flattes, dit-elle de sa voix la plus mielleuse. Mais, franchement, plutôt que de venir à ta fête, je préfère me tenir prête pour recommencer à passer Pixie Hollow au peigne fin, au cas où une autre de tes babioles disparaîtrait...

Et sur ce, avec un grand sourire, elle s'envola.

Un seul et même hoquet d'indignation secoua la foule. Tout le monde avait le souffle coupé devant tant de grossièreté. Dire une telle chose, alors que la Reine avait essayé de tout arranger !

Mais, encore une fois, on savait bien que Vidia n'avait jamais mâché ses mots...